中国行吟诗人文库 第一辑

山藏在山里

蒋雪峰 著

天津出版传媒集团

百花文艺出版社

图书在版编目（ＣＩＰ）数据

　　山藏在山里 / 蒋雪峰著 . -- 天津 : 百花文艺出版社 , 2023.5
　　（中国行吟诗人文库）
　　ISBN 978-7-5306-8558-7

　　Ⅰ . ①山… Ⅱ . ①蒋… Ⅲ . ①诗集－中国－当代 Ⅳ . ① I227

　　中国国家版本馆 CIP 数据核字 (2023) 第 094642 号

山藏在山里
SHAN CANGZAI SHANLI
蒋雪峰　著

出 版 人 : 薛印胜
责任编辑 : 张　雪
装帧设计 : 鸿儒文轩 · 末末美书
出版发行 : 百花文艺出版社
地址 : 天津市和平区西康路 35 号　　邮编 : 300051
电话传真 : +86-22-23332651（发行部）
　　　　　　+86-22-23332656（总编室）
　　　　　　+86-22-23332478（邮购部）
网址 : http://www.baihuawenyi.com
印刷 : 三河市华东印刷有限公司
开本 : 787 毫米×1092 毫米　1/32
字数 : 120 千字
印张 : 7.5
版次 : 2023 年 5 月第 1 版
印次 : 2023 年 5 月第 1 次印刷
定价 : 52.00 元

如有印装质量问题，请与三河市华东印刷有限公司联系调换
地址 : 三河市燕郊冶金路口南马起乏村西
电话 : 19931677990　邮编 : 065201

总序

行而吟，风光无限在远方

李立

　　书山有路勤为径。路有千万条，各有各的宽窄长短，各有各的平坦坎坷，各有各的气韵风范，各有各的荆棘繁花，各有各的痴情拥趸，各有各的天作归宿。

　　随着季节的更迭交替，路的心境也随之变幻，冬去春来，兴衰枯荣，岁月苍茫，梦呓不绝。

　　丰富多彩的因缘，成就了路的高深渊博。

　　诗歌的因子因此而腾空漫舞。

　　行，不一定是诗，却可分娩诗。能吟的诗，不仅是行吟诗。

　　风无处不在，只有流动了，才叫风。

　　大千世界，烟火人间，历久弥新的日月星辰，目之所及，诗意比比皆是，只有诗人将之挖掘、提炼、熔化、锻打、淬火、吟诵出来，才叫诗。

呐喊、呻吟、抽泣、嬉笑、追逐、情爱、春种秋收的生产活动，大自然的鬼斧神工、虫鸟舞蹈、电闪雷鸣，只要被诗人的灵感捕捉到，并赋予其灵动、灵气、灵性、灵魂，行吟诗歌便脱茧成蝶。

给心灵插上绚烂翅膀，使其欣然遥赴远方信约，在脚步无法到达的尽头蹁跹，万千姿态妖娆妩媚，抑或音色铿锵激昂，低吟浅唱间灿如星星闪烁的文字，光芒四射，照亮和温暖寂寥的长亭雨巷。

行是情怀，吟是才华。行吟是匠心独运、热忱赤诚，于天地万物之间采摘精华，雕琢成字字珠玑、睿智夺目的诗行。

只有站在高处的雪，如珠穆朗玛峰上的白色精灵，才能始终保持冰清玉洁、晶莹剔透。高处不胜寒，孤独和寂寞是雪的良师益友。

把雕琢文字视作生命的不懈追求，并为之挑灯夜战、奋斗不息、孜孜以求，方可书写出惊天地泣鬼神的旷世之作，这才是真诗人该有的崇高追求和态度。焚香沐浴，诚挚以待，善良和痛苦是诗人的笔与墨。

"语不惊人死不休"，这是诗人杜甫的态度，成就了草堂主人的苦难和幸运，亦是他传世不朽的千古谜底。血肉成灰，诗魂长存。

只有能抵达良知本真的人，才能抵达诗歌的远方。

水，无所不能。在汪洋大海可以汹涌澎湃，在大江大河可以欢歌，在水库湖泊可以妩媚多姿，即便是在高山峡谷处一个小小的坑洼里，内心也照样可以装下整个浩瀚的碧空。

行吟诗，确实神通广大。可以上天入地，可以博古通今，可以高亢激昂，可以喁喁私语，可以厉声痛斥，可以甜言蜜语，可以指点江山，可以吟诵烹饪，可以抽薹开花，可以枯萎凋零，可以披星戴月，可以苍茫辽阔，可以……

于不同的时间和地点，构筑起不一样的绚丽华章。

江山草木，流云走沙，天地腹语只要和诗人的灵魂结合在一起，行吟诗就有了生命。

戴着镣铐的脚步，套上枷锁的思想，所行所吟只会局限于方寸之间，犹如井底之蛙，无缘领略海阔天空的高远，了无风起云涌的境界，绝无行云流水的格局。欠缺鹰的高度、眸光、翅膀和雄心，满眼就只有麻雀的世界。

行而吟之，诗如其人，给岁月雕琢一副性格鲜明的背影。如本诗丛诗人刘起伦的沉博绝丽，田禾的匠心独具，蒋雪峰的独有千秋，罗鹿鸣的自成一家，汪抒的翻空出奇，向吉英的清新明丽，张国安的含蓄隽永，肖志远的婉约细腻，无不跃然纸上，过目难忘。

大自然是行吟诗歌的温床。行而吟，风光无限在远方。

2022 年 8 月 8 日于深圳

序

《山藏在山里》及其他

阿一

蒋雪峰是个诗人，生长于李白故里江油的诗人，是写现代诗的四川诗人，文坛上冠以他著名诗人称谓。其诗集曾获四川文学奖，两度入围鲁迅文学奖。总之，他确实是一位当代优秀诗人。

雪峰写诗从二十世纪八十年代中期开始，这一写，就是几十年，且宝刀未老。这把刀，越磨越老练，越磨越天真，越磨越锋利，一刀下去，恚然向然，切中肯綮。

对他的诗，我数次评说，而且可以说都是即兴发挥。读诗后，脑袋里就跳出这些感受及由这些感受所生发的词句。这样更好。因"直觉"牵引，来得快速，少有雕饰，往往能直击诗歌文本。

诗人，应该是这样的人，对社会有深刻的洞察力，对自然有亲近的爱，对人类怀具悲悯的情怀；有哲学底蕴，通过诗的途径，比如直觉、体验、想象、启示等，写出具有个性色彩和诗意的文学。从蒋雪峰身上，我看到了这些诗人的气质。

雪峰以前写过大量的优美的抒情诗，语言高贵优雅。经历"5·12"汶川大地震后，他改变了诗歌的语言风格，倾向于口语化写作，是他自己的主动选择，大约也是返璞归真。这些诗，大多气往内收，大多内敛朴素，情感深婉，思想深刻。

他用简洁的词句，说了很不简单的话，我们读了总会停一停，想一想，品一品。有余味，有力。能写得这样好，难得。

一

《山藏在山里》，一本向自然万物致敬的诗集。

蒋雪峰先生以丰富的地理人文阅历和揣摩忖度的纤细触觉，掘入所观照事物的最深处、隐秘地，将微妙感觉瞬间抓获，用灵性简洁的语言，铸就精神与自然合而为一的诗行。于自然之中见出精神，于客体之中见出主体，这些诗歌使物化自然转变成精神的自我实现。山水人文、花鸟虫鱼，乃至万事万物，倾注了情感温度和深挚思考，大多写得静气，诗人具有的沉静气质和内在悲悯情怀，是显见的。人本就是大自然的一份子，人与草木花树息息相通，心心相印，彼此照拂。诗人啊，写一朵花写一棵草，花亦花，草亦草，可也是一花一世界、一叶一菩提。

山藏在山里，乃是静观山水、山水如如不动的意思，颇有"溪花与禅意，相对亦忘言"的人生况味，是岁月渐老后生命境界自然而宏阔的展开。有对大自然和人类生命原初美好的怀想与歌吟，有空山鸟语的古典情怀，有对现实的观察与心得的意象抒写，皆有诗之魂魄的"内视力"。

诗歌创作须重视"心理表现"，考验诗人"肉眼"和"内视力"对人对事的观察、体味及整合，并非单一化、平面化的、缺乏心理深度的表现。雪峰的诗来得自然而有神韵，耐读，耐玩味。

山藏在山里，花开花落，木荣木枯，悄无声息，又生生不息。一个"藏"字，山包容着山，山自有其境，自有其高致；一个"藏"字，因直觉而顿悟于心，自己就在"山"里，"山"在人的心眼里——山因人而蕴藉多情，人因山而进入"与自然同化"的境界里。这首诗，感受细致幽微，语言简净灵动，思想是潜在的、深长绵亘的。

不是创造地理上的转圆，而是穿越于时间与空间，而是开拓冲刺人文的世界。如此，出好诗。心息则神明，神明则机灵。如此，出好诗。

这些抒写大自然灵韵深致的诗行，在清晨的清凉和薄雾中，在黄昏夕照之时坐实并弥散。雪峰沉潜于物事景观之中，默契神会，且多具有静逸的风神气度。

二

雪峰诗歌中，一个重要主题是关于时间与生命、时间与存在的永恒话题。小切口，大观照。

说说这首《萤火虫》。我们人并非直接用时间关联生命及存在，而是通过关联事物细微曼妙的变化来感知生命及存在，比如萤火虫和瓶子，它们是自然之物，是令人爱怜疼惜的闪闪发光的事物，意象美好并且具有象征意义。诗歌文字的气息是悠缓而沉着的，令人生出对过往的美好怀想与当下怅然若失似又无可奈何的哀叹。以感知事物情感的方式建立起与现在的、过去的和将来的生命及存在的关联。

《星期天我穿过一片树林》《束河》《空房子》等，写得深致幽妙、恍兮惚兮却又贴着眼睛鼻息，触动心灵。如幻影迷离，又有具象实景，也都关乎时间。时间无声无息，无形的时间落在有形的事物里面便有了确凿的时间痕迹。叙说与思索，哀怜与无奈，经历与灿烂，对时间和自然的谦恭与敬畏，谁人无屑？我们都在时间的浸泡里、怀抱里。时间是如此亘古不变的平静地继续。时间屏息静气。时间有震慑力！

《在会理城楼上》写得念念叨叨，疏淡而深婉。想象丰富，意象勾连。城楼上，阅尽时间之下的家常事、风雅事、兴废事、永远不变的事。人文关怀，悲悯情怀，乃是作为诗人作家最应该也是最重要的关怀与情怀。《古镇》多少有幽暗又深邃婉约之况味。对时间的叙说，对人世沧桑的书写，是思索也是倾听，是经历也是答案。对天地之间无形却又有形于物的时间，对时间下的火热的人间烟火，乃至对宏阔的宇宙观的追问，是诗歌是文学是艺术是哲学的永恒话题……雪峰诗涉猎以上诸多内容。

它们有真切的痛感，有正义的力量，有温柔的儿女情长，有神意的凝思，是人在说话，是具有真切的生活质感的，有生命内蕴的热。这是一种诚实深挚的温度，哪怕写的话题是苍凉、荒寒与愁肠百结。这些诗歌，我是喜欢的。

三

从望乡台朝下看 / 月光笼罩的福田坝 / 长了一层绒毛 / 随时都会破壳而出 / 从梦里飞起来

外婆把我的手拉得更紧 / 给二舅相亲回来 / 走了很远的路 / 全世界都睡了

我太小了 / 小得只能记住这个画面 / 还有当时的一点点晕眩

《晕眩》真好，模糊却又真实的内觉触觉。第一段意象还有更深一层指向，是一辈子想到它——故乡的福田坝，原初的美好的福田坝，有亲爱的外婆的福田坝——就温柔地飞起来的地方。幽幽的，润润的，仿佛眼里有莹莹发亮的脉脉的泪光。——让我想起凡·高笔下的田野，破壳而出，从梦里飞起来！草的颤动，奔涌着的生长的声响，云的厚实及游动舒卷，还有树木，铆足了劲儿驶向那天空啊，还有房屋、烟囱和烟，道路，近山远山。凡·高对田野大自然的热忱、静谧的观察并兼有主观的只属于他自己的印象感应，笔下全是活物。

不让种种观念、意见、书籍插在自己与事物之间，他的天性未受俗见的污染，他永远保留着看事物的新鲜的第一眼，这是孩子的眼睛，可爱可贵的赤子之眼，是孩童诗的天真烂漫，由本真由直觉牵引，毋宁说是作为诗人永葆的童心。

故乡，是盛放童年的地方。关于福田坝、昌明河的诗，是雪峰写给故乡的诗，写给自己的诗。"只有敏感的诗人，能够敏锐地感受到词语的光晕，透明度和能见度，并让读者，享受到无法言说的欢愉，帮助他们打开一扇又一扇门。"雪峰持这样的认知理念在自然而然地写诗。灵性，想象力，思想深度，语言驾驭，独一无二的好。

四

有一天，我读了蒋雪峰的一组短诗，都没有超过十行，大多只有三五句。我说，没有比这更短的诗；没有比这更简白的语言背后更深长的意味；没有比这语词的字字珠玑更不落俗套；没有比这更个性化的属于雪峰式的感受与触微的表现力（有的诗现出光影颤动的画面，读来清新而暖意）；没有比这简洁有力而微言大义。平和言语中体现的深挚的观照，关于历史文化、现实情景，关于自然风物、人性深处，关于幽人雅意，关于时间与生命。可哀，可叹，可讽，可恻隐，可爱惜，可留恋，可咀嚼，可回味。

借助诗人式的跳跃运思可以帮助我们更为直接地得到他个人思想中最有价值的东西，可以立刻进入其思想的核心。这扇隐蔽又亮畅的门，你找到了钥匙，你成了诗人。

雪峰的很多诗歌，乃是智之诗，充满了智慧，有神意的凝思和婉深的情味，简洁利索，字含重量。月光、夜色、信仰、时光、时光的无情、不期而然的结局，这些意象的表达或隐或现，真妙哉。

五

思理为妙，神与物游。进一步说，诗歌、音乐、绘画，不以目视而神遇，感觉到了，抓到了，就是神来时。

诗人"感物而动"，用自己的心智感情去看待物事，则"外物感焉"，将这样的心和物写下来，便成了诗，而且是自己的诗。换言之，诗中的物，实为作者心智所感之物。《星星》《热尔草原》等都有画面感，都有味道，是景语，也是情语，更兼妙语。我将其定义为诗歌中的"小品文"。

雪峰说早上醒来突然想起去过三次的阿坝，就写了点小感觉。我说你诗路宽，大抒情，小感觉，典雅的、俗世的、批判性的、尖锐的，写什么像什么是什么。

现代诗，要有对微妙感觉的瞬间抓获，是自己的语言的表达，意象表达与心思合拍，意象要让人感觉得到它隐喻什么、象征什么、牵连着什么，能感受诗的内质在言及什么、含蕴着什么。这方面，雪峰灵性非凡，佳作多多，或者是我们平日里似乎感受到的东西，没说出和说不出来的那种东西。诗歌乃至文学，我很看重诗人作家对模糊的，朦胧的，无明的，黑与白之间无数的灰色过度，空白的，失言失语、难言无言而寄望于文学艺术托出的——这块庞大区域，正是文艺暧昧地、不确定性地去做审美表达的大空间，也是最难做的。能够表达好它们的，乃是高手。

六

语言是奇妙的组合，同一个词，在不同的语境里，感受有别。词与词之间不同的搭配连贯成句，会有截然不同的效果。李清照的词，用词大都浅白，但全词及句子又非常有味道。雪峰的现代诗中，我同样读到了用词浅白但构成的有味道的句子，及其整个诗歌的味道。

现代诗的形式多少应该是"有意味的形式"，没有传统的机械模式，形式获得了自由，同时兼顾自律。形式是诗人主观审美情感的表现和创造，是一种新的精神性的现实：语词句子的喘息、停顿、拥挤、散漫、轻重、缓急、涩滞、咬合、勾连及由它们整合的"一气灌注"，构成了诗歌的旋律、节奏与和声，是诗人歌咏吟唱的内在气韵。

雪峰诗歌的语言富有灵性弹性，有内在的韧劲和力度。他让语词精练、形象、生动，白描和写实，或让语词就是它原始的笨拙，呈现语意本真的样子。可是，组合、融汇、通透，让句子们沉得下去又能飞起来，让它们唱歌跳舞，不仅表达"意义"，更能表达"意味"。皆是他自己的语言表达，没有陈词滥调。

再者，我不关心现代诗是什么流派。读诗，首先读的是诗本身，没有动你灵魂一寸，"派"有何用。无门无派也自有高手。这样的高手自成一派，别人模仿不了的。

我关心的是，一首诗的语言运用是否有意思，有没有新意，是否落了俗套，是否是他自己的语言，他周遭的文化、浸泡他的文化、他认识的欣赏的新的文化，他怎么化育在诗里，它挖地三尺还是七尺、九尺，它趴在地上还是仰望了星空，它蕴藉的思想到达哪个层面，是开阔的还是狭隘的，是哲学的，诗意的，还是眼睛里只有鸡毛蒜皮只有婆妈，是中土的，还是异域风味的——它动没动我的灵魂，并且让我不知不觉就进去了，在里面激动、愤怒，或安详、宁静，或无语，或窒息，在里面苦涩，在里面痛，在里面沉醉流连，在里面缱绻惆怅、低回不已。

诗打动人而非说服人。

雪峰诗，无疑打动我。

七

那些天性敏感而深邃的人，是具有诗人气质的人，因敏感而易受伤，也因敏感的受伤甚至痛苦而刺激起了兴奋，而喷涌迸发，它们都长成诗歌深邃迷人的翅膀，不断地在审美境界中自我超越。他们的爱与痛，孤独与情义，诗歌与音乐，天地与爱情，大约是终身的慰藉。

用审美的眼光迷恋人生，用审苦的眼光痛彻人生。诗人作家应该具有这样的眼光，这样两个看人生的大眼光、大向度，否则，文字易流于轻飘，流于甜媚甜俗，流于弱力和黯淡无光。

坚强得足以把苦难当作快乐来感受，矫情了吧，但是，坚强得足以把苦难就当作苦难本身来体验，深入苦难肌理，痛到底了，或许就走出来了：要么深情得平和温厚，要么足以把苦难当作快意恩仇来感受。如此，出好诗。

一颗敏感而又坚强的心灵，敏感得不能不受伤、不得不痛苦，又坚强坚韧得不至于毁灭，这个时候，两种种子，齐头并进，扎根，萌芽，开花，开出一朵奇异恩典的，深厚的，充盈着痛与爱的，笑中有泪、泪中有笑的，叫作诗歌的花朵来。

读诗，却发现了写诗的那个人。他诗行里的世界是一个打上了他的印记的世界，这个"他的世界"有他自身那种生命合成的烙印，有他比较确切的精神品相。

上述我的几段话语，因蒋雪峰先生而起。雪峰天性敏感良善，心智崇尚高贵和明睿，为人单纯可爱又可敬。他诚实写诗，独立洞见，因肉身病患及生命中的一些遭遇，他写出自己的爱怜与痛惜，写出自己的哀愁与悲愤，他不自欺，也不欺人。雪峰说："一首诗里看不见人，要么作者不诚实，要么对语言没有掌控力，要么还没有发现自己独一无二的生活肌理。信心来源于你自己要相信，你是这个世界无法复制的孤本。"

八

不是每首诗都需阐释，都能够阐释。有的诗无法阐释也无须阐释，阐释等于画蛇添足，你读着感受着就好了。

读诗吧！

2023 年 2 月初于川蜀

目录
contents

第一辑　地球上有这样一条河

第二辑　并不是所有的蜂蜜都是甜的

第三辑　蝼蚁之命

第四辑　每个人心里都住着一个陶渊明

第一辑

地球上有这样一条河

月光如被

月光如被

大被同眠

盖过李白　王维　苏东坡

…………

从六五年十一月十四日

开始盖我

孤峰

地球上的山

大都属于某个山系

比如安第斯山脉　阿尔卑斯山　秦岭　龙门山脉

一座一座山

有名的无名的

相互搀扶着

你知道不知道名字

它们不在眼前

就在天边

但每一座峰

都是孤立无援的

寒山

到了冬天

任何一座山

都可以叫寒山

如果有寺

香火能否捂热

一朵过路的云

可以没有寺

至少要有一条石径

曲曲折折

从山脚到山顶

刚好容下一个人

的肉身

他踩在落叶上面

的脆响

把自己吓了一跳

差点跳出画面

树上的鸟

也被惊到

另一座寒山上去了

天地间

除了我

没有谁注意这个人

一座移动的寒山

变成了一个小黑点

后来不见了

他身后

霜叶如血

不停地落下来

盖了一层又一层

好像从古至今

没有任何人来过

寒山

萤火虫

好久都不见萤火虫了

不知道这世界

是否还有它们容身之地

捉萤火虫的人都老了

腾不出一个空药瓶

来装萤火虫了

你有多少年

没有写这三个字了

今天凌晨 5：45

突然想起

这一闪而过的童年

走过它们掌灯的那一小段路后

我们就和自己分手了

星空

披星戴月的日子
是一天天遥远的
星空如此盛大
光明如此遥远
现在
我站在久违的星空下
像经过了历朝历代
最终还是输光了的赌徒
手足无措

外婆

活着。她的头发和米一样白

和面粉一样白

和盐一样白

和没浆染的布一样白

和糖一样白

和雪一样白

和芦花一样白

死后，和月亮一样白

晕眩

从望乡台朝下看
月光笼罩的福田坝
长了一层绒毛
随时都会破壳而出
从梦里飞起来

外婆把我的手拉得更紧
给二舅相亲回来
走了很远的路
全世界都睡了

我太小了
小得只能记住这个画面
还有当时的一点点晕眩

回家

月光送他回家

100 年后

他到了

月光还在外面没走

照一会儿兵荒马乱

照一会儿他关上的门

如果童年回到福田坝

找不到一个亲人了
沾亲的也不亲了
吃百家饭长大的我
找不到一扇
熟悉的门
给我喂过奶的女菩萨
都已经升天了

外婆埋在望乡台
不会回来了
会走路就在一起的发小
只有吴昌茂还没走散
学校还原为寺庙
在里面念经的人
有作孽的人

曾经被清零的麻雀

在福田寺门口

蹦蹦跳跳

像一群刚刚放学的孩子

里面有一只

就是我

白鹤

我注意它很久了
它从不三五成群
总是形只影单
在天上
在树上
在泥淖里
在河水里
在春夏秋冬

如果偶尔碰在一起
也会很快分开
由它们
回到它

水鸟

在同一条河里
从不结伴而行
每一只
都坚持自己这一只
而不是另一只
河水带走了它们的影子
它们的影子
也没有流在一起

星星

在地球上
在不同的地方
被同一颗星星照亮
指过同一颗星星
我们头上和指尖上的光
是一样的

苹果

我在办公室上班
父亲忽然进来
递给我一个苹果
然后又匆匆走了
他在对面宾馆开会
给与会者
都发了一个苹果

一个人坐在柳树下面

一个人坐在柳树下面

把腰弯得像一棵柳树

他保持这个姿势

一动不动　和身边所有的柳树

看河水流逝的角度

是一样的

一跳一跳的

你熟悉周围院子
每一棵开花的树
海棠　月桂
黄桷兰
梨树桃树樱桃树
你喜欢隔着门
闭上眼睛
闻花香

有几年春天
你拉着我的手
挨家挨户
一棵一棵的
指给我看
生怕错过了

走了东家走西家

你走在前面

一跳一跳的

像一个

刚刚放学的孩子

阳光洒在头发上背上

也一跳一跳的

野花

那些没有名字的野花

花瓣细小　花蕊

藏不住一只蜜蜂

像细碎的阳光

洒得漫山遍野

她们在冬天死里逃生

就是为了现在　往死里开

束河

马帮把石板磨出了一个个

光滑的麻坑　老屋像一堆

皱纹挤在一起不吭声　在桥头

有三匹马被拴在桥栏上

背上的货物已经卸光

一对新人光着脚

站在河水里拍婚纱照

流水潺潺　他们的笑声给

掉光了牙齿的古镇

抹上了一层蜜

地球上有这样一条河

阳光可以照亮

深达近百米的河床

走近它的人

不由自主　清澈见底

石头　朽木　苔藓

每一粒沙子都清白

过去变成了

悠闲自得的鱼

游来游去

没有明天

这就是明天

地球上有这样一条河

在亚马孙雨林

但我忘记了她的名字

空房子

炉火熄灭　电表停止转动

门从外面锁上　墙上的全家福

空出来的位置　蜘蛛开始结网

烟火　呼吸　油盐酱醋

连同上下楼的声音　都搬走了

鸟儿在过道上安心筑巢

哺育刚生出来的两枚蛋

我去的时候它出门觅食去了

房子变成了一个个空壳

人迹罕至　只有风还刮着

所有的钥匙　进进出出

一幢一幢空楼　像立起来的荒野

你的左邻是寂寞　右舍也是

房子用旧后的空　和没入住的空房

它们的空　是不同的

这多么像一个人　他的一生

下雪啦

一

蜡梅蜡黄的脸上
扑了一层又一层
白粉

二

雪花捅破了马蜂窝
写雪的诗铺天盖地
头皮屑一般
塞满屏幕

三

让北京一夜之间
回到北平
让成都一夜之间

回到锦官城

让西安一夜之间

回到长安

…………

江油太小了

大雪就是百年不遇

连下三天三夜

江油还是江油

小河

先惊起一群野鸭是黑的
接着是一群黄的
一只白鹭
飞得不慌不忙
把寂静慢慢让出来

河水悄无声息
看不见流动
流到这个地方成了镜子
自己照自己
顺便照一下我

很多发呆的人已经干涸
它还是那么水灵

一直到离开

我对这条河

都没有任何想法

走着走着我回了一下头：

河水闪着波光

野鸭和白鹭正在降落

双廊桥头

卸完货后

主人吃早饭去了

运货的三匹马

枣红色

黄色

白色

都被拴在桥头

太阳刚出来

三匹刚卸空的马背上

洒满了阳光

其中一匹白马

被照得最亮

背上的阳光

也洒得最多

这一片野花

牛羊来了　走了

有的花进了胃

化成粪便

里面还有未被消化的种子

少女来了　走了

有的花变成了花环

挂在她们天鹅颈般的脖子上

垦荒的人来了　走了

有的花化成了灰烬

落在垦荒的人头上

画画的来了　走了

把剩下的花搬上画布

把养眼的插在家里花瓶里

幸存下来的三两枝

被写诗的看见

写成了一首臭诗

山行

一个人在山里走

越走心里越空

当他和山的空

合二为一时

群山会听见他的心跳

草木听见

鸟儿听见

不会大惊小怪

山里的神仙

也会听见

还是不会露面

山水册页

山水折叠进了册页

后来的书生

两眼一抹白

活不见山死不见水

念天地之悠悠

找不到一条江

散发弄舟

找不到一座山

把自己一览无余

两行清泪

流成两行绝句

被一行白鹭

带上了青天

山藏在山里

山藏在山里
小溪藏在山脚下
花草树木苔藓
蝴蝶蚂蚁知了
靠山吃山

它们与世隔绝
也不操心寿命
更不会计算　一只鸟飞过时
整个森林
细微的颤动

它们自生自灭
尸骨上新的生物繁衍
有时候是一只蘑菇
一只木耳

一滴露珠

有时是一只蜜蜂在吮吸

残存的花蜜

还是山的一点一滴

一丝一缕

小寒

羊们走上刑场

嘴里喊着：

灭灭灭　灭灭灭

在春天

在花草树木间
慢吞吞地走着
像一个再也
没有急事的人
一个掉队了
忘了追赶的人
一个眼睛一直发亮
一声不吭的人

站在河水里的白鹤
在冬天就一动不动
在你经过后
还是一动不动

我从来没有说过春天的坏话

几十年过去了
见过太多的
推土机
压路机
挖掘机
生养死葬苦
都被推平

我诅咒过一切
包括时间

但我
从来没有说过一句
春天的坏话

四月的最后一天

刚割完的青草

躺在阳光下

散发出浓烈的草腥味

花木开枝散叶

伸着懒腰

该绿的绿了

该红的红了

该白的白了

该紫的紫了

…………

上帝发的大礼包

今天再不拆开

就要收回去了

睡

睡在恒河边

睡在沙漠里

睡在皇宫

睡在闹市

睡在深山

睡在爱人身边

睡在墓地

睡在战场上

睡在金库

睡在书房

…………

睡在一颗

蓝色的星球上

在虚空里自转

和公转

一只蝼蚁

睡在白天它吃剩下

的一点点

糖纸上

被梦粘住

此刻

上一秒和下一秒

都翻不了身

梨花重复梨花

梨树开花　桃树开花

李子树开花　油菜开花

…………

不管有多少棵　多少亩

都叫梨花　桃花　李花　油菜花

好像只是一棵树　一朵花

李花重复李花　桃花重复桃花

梨花重复梨花　油菜花重复油菜花

明月松间照

我曾经独自一人

在松林里看明月松间照

松针落在松树下

松果掉下来

只有长出它的松树

才能听见

月光把松树照得

更加不真实

那一刻除了这句诗

连我都是多余的

连石头都流出了泉水

花朵都在迎合春天

连野花也在忙着填空

野兔抓紧时间怀孕

草使劲绿　把每一条路染绿

一大早

鸟儿就飞出来开朗诵会

没有一句统一

满目青山

连石头都流出了泉水

都想飞起来

所有的人都想留下来

一步一回头

融化

他身上的雪
是从观雾山带下来的

白得耀眼的雪
在他没有找到
想找的人之前
不会融化

古都下雪

古都下了一夜雪

宫门外广场

要进宫讲经说法的僧人

盘坐在大雪中

大雪下了一夜

他坐了一夜

眉毛都白了

小雪

叫这个名字时
心会柔软起来
声音也会温暖
好像很多人心里
都有一个小雪
戴着红围巾
向自己跑来
在远方消失

但这是个节气
就是今天
意味着降温寒冷
意味着
大雪也不远了

我把雨搬到有你的地方才下

只下小雨

这样你就用不着打伞

清清白白的

从民国二十五年

或者宋朝走过来

行李都丢光了

穷得只剩下美了

美得只剩下

你一个人了

从我面前经过

正眼也不看我

让我感觉这场雨

真没有白下

常常是这样

每天
我都会在昌明河边
坐一会儿
看白鹭从上游飞到下游
再从下游飞到上游

常常是这样：
一只白鹭站在水里发呆
我坐在岸边发呆

第二辑

并不是所有的蜂蜜都是甜的

并不是所有的蜂蜜都是甜的

如果蜜蜂

采了有的药材

开出来的花

酿出来的蜜

就是苦的

养蜂人说完这句话

不知为什么

我们都沉默了

五只小羊

这五个学龄前的孩子
跟在后面撵路
怎么吆喝都不回去
用头抵我的腿
用嘴拉扯鞋带
前蹄搭在我身上
咩咩直叫
好像有一肚子话
要对我们这些
外来人员说

这突然而至的信任
让我不知　如何是好

都是外面的世界

在文家槽　仅有的两户人
两对老夫老妻　四个老人
养蜂养羊采药等死　用太阳能蓄电
吹一样的风　听一样的虫鸣林涛
鸟儿在两家屋顶飞来飞去
这仅存的两户人都不姓文　也不往来
相互之间　都是外面的世界

他们养的羊　在山上会打招呼
养的蜜蜂　在一起
采漫山遍野的野花

山居

和山说话
和树说话
和羊说话
给路过的人倒一口开水
顺便说几句话

风帮他扫院子
鸟站在屋顶
帮他看动静
老伴去世六年了
儿子在福建打工
有时在山东
春节才回家
他不要他的钱
有时在电话里
说几句话

北斗七星像一个勺子
晚上在江里舀水喝

父母　老伴埋在屋后
青苔在石头上慢慢爬
他的墓址挨着他们
心慌时就去看一眼
说几句话
把坟头刚长出的草
拔干净

废屋

时间卸下了门板
所有的房间都
张着空荡荡的嘴
小路还在向院子蜿蜒
春天过后　草更深了

无人推动的石磨
不再旋转的风车
逐渐脱落的墙皮
树上掉下来的苹果
在树下腐烂

屋里的烟火气
屋外的鸡犬桑麻
被遗忘一丝一缕抽空
野花站在门口

对风不停地点头：

请进来吧

这空荡荡的山谷

明末清初　文氏族人

在山谷结庐而居

繁衍生息　历经八代

现已全部搬迁

留下祖坟　纪念石碑一块

老屋若干

山谷回到

先人第一次到来

在谷口所见：

豁然开朗　空空如也

林涛

在树荫里走着

忽然瀑布声由远及近

仔细听

是风把树林当音箱

吹出的涛声

风刚停　虫鸟接着鸣叫

有的像弹棉花

有的在拉锯

有的在说单口相声

有的在用细长的声音

丈量树林的面积

有的在念一篇

长长的祭文

声音含悲

汇合在一起都是歌声

这片挨着悬崖的林子

在我们到来之前

还是离开后

都不会安静

森林里的朋友圈

杉树挨着杉树

柏树挨着柏树

箭竹挨着箭竹

它们各自都有小圈子

但从来也没有走出

森林一步

野兔在圈子里

筑了三个洞窟

野鸡花枝招展

从这个圈子

走进那个圈子

鸟儿早上在杉树枝头鸣叫

中午在柏树林觅食

晚上在箭竹林睡觉

风吹过来时

它们不约而同

倒向一个方向

邻居

要倾泻从古到今的阳光

才能融化半个月的积雪

从山坳口到山坳尾　风吹过

两户人家　星星也只照亮

两个院子的柴垛

四月　种下的竹　长出的笋

被野猪啃食

玉米熟了吃玉米

颗粒归仓是不可能的

养的蜜蜂　被熊拖走了蜂箱

在人能看见的地方

连蜜蜂一起舔食　在文家槽

从古到今

和飞禽走兽相比

我们都是外来户

悬崖下面的山路

路在悬崖脚下
有时候绕进柏树林
从巨石的缝隙穿过
从箭竹林钻出来　一抬头
悬崖又出现了
下面是涪江六峡
江水辽阔　平静得
像叹息后的老人

整个上午　悬崖凝视着
山路上　三个人时隐时现
恍惚已经过去了很多年

悬崖上下

悬崖突然往下滚石头

砸断了道路和电线

几十户祖祖辈辈在悬崖上

繁衍的人　站不住脚了

像石头一样

被悬崖赶下来

在云顶村　罗姓老村长

在他因地质灾害

而搬迁的新家门口喝酒

吹着涪江六峡的风

他的老家在悬崖上面

喝的泉水

是从上面流下来的

星空浩瀚　北斗七星的长勺

好像要伸进桌上汤碗里

尝尝咸淡

羊的门

两县接壤的羊肠小道

有一扇门

在密林深处

像个道具

走过路过的人

很默契地随手关门

好像这样就能避免

江油的羊

到平武吃草

平武的羊

到江油产仔

野草在门内门外

自生自灭

连成一片

一只鸟

只有一只鸟

留下来

站在江中心

不进不退不唳不飞

像突出江面

的一块瘦石

又像高僧转世

开始披着一身羽衣

夕阳西下

又给它披上

一身金黄的袈裟

江水不舍昼夜

它一动不动

金钱豹

在森林里

没有任何动物

觉得它全身上下

都披挂着金钱

它就是一只豹子

它们怕它的吞噬

而不是这一身皮

金钱豹不会知道

当金钱张开血盆大口

整座森林

也许够塞牙缝

也许不够

老虎下山

老虎下山

撞进闹市

一具具行尸走肉

散发出

从未有过的恶臭

除了这个清晨

没有任何

新鲜的气味

它忽然间

没有了一点胃口

羊毛出在羊身上

在青藏高原

比雪更醒目的是乌鸦

它们站在羊背上

薅羊毛

羊埋头吃枯草

背着乌鸦

像背着一块

永不燃烧的煤

羊不知道自己有多少根羊毛

乌鸦也不知道

筑一个暖巢

需要薅走多少羊毛

羊毛出在羊身上

它过冬的巢

也出在羊身上

花落时

你打了一个寒战

填完的词里掉了一个字

山水慢慢枯了

花还在落

你不再多愁善感

很多事物早已离开枝头

葬花的人早已作古

你和这个世界

早已相互遗忘

只记得花开的时候

你在喝茶

花落的时候

你在喝酒

你还记得

有一些雪落在南山

终年不语

终年不化

喜鹊

一只喜鹊停在我的肩头
那时候情窦初开
只记住了它的模样
没有和它一起飞走

一只喜鹊停在窗前
那时候大雪纷飞
借助模糊的记忆
我认识它　它和我都老了
没想到还能见面
还是无话可说

一只喜鹊飞走了
我用它留下的这根羽毛
蘸着白天和黑夜
写完了这首诗

古镇

庙里的和尚还没敲钟

石拱桥还没改名字

小巷一直延伸到山边

如梦初醒　不再幽深

炊烟升天时　每家屋顶

都歇着一两只鸟

说着东家长西家短

大水总会冲了龙王庙

大火总会烧了城隍庙

镇子不断死去　不断复生

一个在京城的画匠

老得已无法还乡

靠记忆画成一幅画

挂在床前

咽下了最后一口气

永远的

只有日月星辰是永远的
只有它们照亮的山川河谷
是永远的
同时被照亮的祖坟是永远的
它们归于尘土
并且成为
山川河谷隆起的部分
只有坟头的草是永远的
无论我们　在还是不在
它们永远　一岁一枯荣

留不住

写到你的时候
你对我身后的世界
笑了一下

过去是对着我

苹果树等不来苹果

苹果树等不来苹果

山楂树等不来山楂

李子树等不到李子

高山等不到流水

如果实在要一个结果

苹果树等来了山楂

山楂树等来了李子

李子树等来了苹果

山上往下滚石头

非神话·月光

小时候

在月光下睡觉

捉过萤火虫

走过夜路的人

有一抹光

会追着他

笼罩着他

让他历经九九八十一难

得到的泰山

也轻若鸿毛

非神话·关山

大白天见鬼
在教拼音

他念一声
千山万壑
跟着和一声

发音错了的山
已被夷为平地
或者被关起来
叫关山

非神话·梦

头上是星空

身下是沙漠

以梦喂大的狮子蜷缩在身边

用睡眠铺开非洲草原

那里面

没有我

非神话·汤

多年以后发现
这锅汤原来就是
老鼠屎熬出来的
以后　我不会再说
一颗老鼠屎
坏了一锅汤了

非神话·船撞上了冰山

船撞上了冰山

每个人都感到了震动

都以为是错觉

报信的被割去舌头

晚会继续举行

散落在甲板上的冰块

被放进了每一个

鸡尾酒杯

漏洞越来越大

船在一点点下沉

为伟大的航程

干杯

为豪华的航程

干杯

为此行愉快

干杯

为船长的健康

为每个人的健康

为明天的日出

干杯

干杯

干杯

非神话·卖炸药的人

他做炸药生意

这是危险品

店铺在荒郊野外

货架上摆满了

炸弹炸药包爆破筒

鞭炮雷管导火索

没卖完的炸药

他当炒面吃

一点也不浪费

有时候抽烟

不小心把自己炸死了

他把门关了

悄悄把自己埋了

天亮之前

再把自己挖出来

天亮时

又站在柜台后面

和过路的人

打招呼

有时候炸得太碎

他一点一点

哪怕找到天亮

也要把自己找齐

拼好再埋

遇到走夜路的人

问他在找什么

他头也不抬

实在累了

在店门上挂一块

"外出进货"的牌子

把自己埋在墓里

休息一天

新疆故事

在伊犁河谷

闯进了野苹果林

一条沟全是野苹果树

一条沟全是野苹果的香味

一条沟没有别人

熏得他闭上眼睛

心里涌出一股一股

从未有过的野性的甜蜜

如果上帝站在树下

也会如此陶醉

回不去了

他返回空无一人

的野苹果林

和这些树说话

冬天抚摸饱经沧桑的树干

抖落空枝上的积雪
秋天拣落在地上的果实
做果酱果干果丹皮
他把自己变成了
一棵会走动的野苹果树
把花开在心里

那么多无人采摘的野苹果
从树上掉到树下
落满他的一生

再见

吃过晚饭

正要离开的时候

太阳突然出来了

把谷底和山巅

积雪下面的事物

照得清清楚楚

远处的白塔和近处的牛羊

都在闪光

几只怀孕的野兔

一跳一跳的

啃着鹰在石头上的影子

啃完就过冬了

真好啊

我们一边走一边感叹

走得越来越慢

鹤唳

半夜有一只鹤

回到三江汇合处

同伴都飞走了

在另外的地方过夜

星月无光

它叫了一声

仅仅叫了一声

就被自己和三条江

完整的孤独

吓得再也不敢

吱声了

影子

树叶在树干留下影子

云在天空留下影子

鸟儿在水面留下影子

草原是马的影子

我是你的影子

跟在后面

一天又一天

被时间舔得干干净净

热尔草原

白云从天而降

在草地吃草

走散了的羊群

有的飘成了白云

隔一阵子

牧羊人就会吼几嗓子

想把飘在天上的羊

唤回来

这时候就会有几只

丹顶鹤降落

以为在喊它们

昙花

她停留的时间

刚好够我们

把她的名字写出来

蝉鸣

叫声越来越长

像一把一直在充电

没有拔去插头

的电锯

翻来覆去

要在这个正午

把栖身的这棵柳树

锯断

巴音布鲁克

这个名字长出来的草
牛羊怎么也吃不完

风吹草低
风从左边吹
牛羊从左边抬起头
从右边吹
马儿从右边抬起头

鹰把云啄了个洞
雨把巴音布鲁克
浇了一遍
草更绿了

除了撒野

还能做什么呢

写诗也是多余的

月亮

月亮在湖里洗澡
天亮才回到天上
你在湖边坐了一夜
好像是月亮忘记了
的一件衣服

两只萤火虫

关灯以后
两只萤火虫
躺在地板上
一闪一闪

那一刻
我不是躺在床上
而是躺在山谷
准备用一个好梦
和它们一起发光

白鹭和灰鹭

从不在一起飞
也不在一块儿觅食
更不会一起合唱
保持着眼不见为净的距离
在昌明河上
白鹭飞过去飞过来
不见一只灰鹭
灰鹭飞过去飞过来时
也不见一只白鹭

蝉蜕

撕心裂肺的鸣叫

是否是灵肉分离时的痛不欲生

没有一只蝉能躲得过去

也没有一只想躲

它们在树林里　骤雨般的喊痛

全世界都听见了

没有一个人明白

到底发生了什么

短暂的一生　就是为了这一天

让灵魂抽丝剥茧

从深陷的肉体里

从尘世间　一丝一缕

剥离出来　撕扯出来　拽出来

直到羽化而去　曾经笨重的躯壳

变成一件轻如鸿毛的衣服

无臭无味退翳明目

证明它们曾经来过

并因此而新生

夏日山居

清晨听鸟叫

正午听蝉鸣

晚上听河水

唠叨

这么多单调的日子

重复的日子

反复被萤火虫照亮

实在无法忍受

你可以数星星

从童年到现在

一颗也不少

夏日蝉鸣

到我走的时候
漫山遍野的蝉
还在喊冤

从早到晚
一遍又一遍

我什么也做不了

但我知道
夏天也是它们活着
唯一发声的机会
它们不敢等

隐居者

他藏身群山之中
穿着僧衣　每天念经
和前半生进行了断

他自己修了一个院子
与合欢树　睡莲　绣球为伴
除了阳光　清风明月
不欢迎谁来敲门

这个园林设计师
身患绝症的成都人
在草木里行走
用清净作良药
喝山上流下来的泉水
风吹草动时
感觉到自己还活着

这里的空气阳光

是他的亲人

也是他的良医

伺弄了大半辈子的花木

现在每天伺候他

借

找太阳借个火
找月亮借光
找长城借砖的时候
孟姜女哭了

等我把沉鱼落雁捞起来
四大美女都跑光了
她们美得一干二净
连一根丝线都没留下

借不到胭脂盒
我急出了一颗朱砂痣
挂在东施脸上

借了一片苇叶
替我渡江

借了一段最危险的蜀道

当盘缠

好去私奔

牡丹是在洛阳拣的

靠着这点凝香

走完了八千里路云和月

手上都还有余香

我借古讽今

终于惹火了今天

把明天也惹火了

他们一人一脚

想把我踢回古代

古代关机了

直到现在

都没信号

草木一样　古人一样

笑声从下到上

溪水从上到下

什么也没惊动

山在向天边淡去

风在林间散步

顺便给我们摸顶

放不下的

就放在林泉里吧

哪怕只有半天

三只羊在石桥上走

突然记起

后面坡上还没吃完的青草

又回去了

浮生如云

不如喝茶

不说话的时候

有一阵子

我们安静得

和草木鼻息相闻

鸟儿叫一声

我们听一声

好像几个

经过了很多朝代

在林间喝茶发呆

忘了起身的古人

雪下在另外的地方

那些地方

比本地更脏

或者是

本地脏得

没有一粒雪花

能够落脚

雪下在另外的地方

和下在本地

有什么区别呢

在雪地行走的人

呼出的热气

温暖不了另一个人

每个人都在

独自白头

两条河

隔着沙漠
都能闻到对方的气息
它们想谈一场恋爱
然后同归于尽

沙漠太大了
它们披星戴月奔向对方
把自己都流光了
还是没能
抱在一起
连对方的水都没有
喝上一口

残荷

这个池塘

在冬天

变成了残老院

荷花不见尸影

藕已经被挖了

莲子被煮成稀饭

变成一味中药

清火败毒

没有一张荷叶

能够举过自己的头顶

用力过度得

脖子都断了

满池残废

满池皱巴巴

坐吃等死

但却死不了

夏天会把满池荷花

重新点燃

荷叶青青

都争着打伞

尽管它们现在

像一团团

蜷缩着的抹布

第三辑

蝼蚁之命

蝼蚁之命

在你散步时的脚

无意间踩下去

那一刻前

它推着一粒砂糖

正走在回家的路上

雪地里

雪地里躺着一堆废铁

几分钟前它是一辆坦克

雪地里躺着几具尸体

几分钟前他们是

几个想早点回家的士兵

其中一具尸体里

有一部智能手机

里面有六个未接电话

都是千里之外的母亲

打来的

镇住

再多的春天　也不能让一个人改邪归正
让恶开不出花
羊吃草　狼吃羊　好人成为坏人的食物
战火烧焦的鸽子
从天上掉下来　一直在掉

几十年了
我把一块石头推上山
想让它镇压住我的绝望
我对人世间　全部的动摇

人类只是一个大词

以草原的名义
死的小草
一棵接一棵

以天空的名义
死的小鸟
一只接一只

可以避免的死亡
越来越多

它们喊疼的声音
越来越多
但可以忽略不计

人类只是一个大词

里面没有一个

有血有肉的人

对于战争而言

对于战争而言
文明不过是
坦克履带下
的一粒石子
猫着腰跟在钢甲后面
的士兵
都是一捧捧
还没变冷的
炮灰
也许　下一秒钟
就再也不用害怕了

逃难的居民
除了生命
已经没有什么
可失去的了

战争与战争之间

的中场休息

我们叫和平

请交出你们的私人物品

先生们　女士们
欢迎你们到达终点站
下面
请交出你们的私人物品

交出葡萄园　城堡　牧场
交出酒窖　贫富　借条和欠条
交出恩怨情仇　交出没走完的路
让你的爱人回去　孩子们回去
仇人也回去
甚至　老人也回去
他们的时辰还没到

眼泪和叹息　是唯一的遗物
来到这里的人
没有人不想回去

回到平庸的同类　乏味的工作
回到有亲人的房子
或者冷冰冰的公司
好像都冒着热气　在滴蜜
但是　没有谁回去　回不去了

都归零了　除了我的怀抱
你们将无处可去
来吧　我会把生命还给你们
只要愿意
随时都可以重新上路
如果你们对过去有记忆
也许还会找到老屋的门牌

我就不用介绍了
作为你们集体诅咒的对象
我一直在等你们

现在　请交出你们所有物品
包括生命

诗歌是诗人的黑匣子

我说的是

藏在每个字里面

惊心动魄的眼泪

号啕 绝望 迸溅的本能

一生被猝然塞进倒计时

那儿分钟 几秒钟

的空白 无助

我说的是

在生命读秒时

一个人的

清新明静 月光闪耀

相对于死亡而言

我们的每一句话

都是遗言

每首诗　都在读秒声里
完成或者完不成

都浓缩在里面了
匣子是黑色的
等待着被时间挖出
或者永远不见天日

直到衰竭

诊断书上的肾功指标

高得不可逆转

公司任务指标更高

只有他自己明白

这些指标都在催命

上有老　下有小

他白天打工

隔天晚上　到医院做透析

直到衰竭

跳楼

叫天天不应

他们抱着天

一起

往下跳

知己

人生难得一知己

远隔千里

我们相谈甚欢

边聊天　边把说的话

在手机里一一撤回

平均每个字存活的时间

不会超过

两分钟

超过两分钟

有可能留下隐患

我们心照不宣

继续聊天

卡夫卡小说

因为保护一个人

他被追杀

他一直在逃亡

没时间回头

有一天　他忽然回了一下头

发现他用性命保护的那个人

在给追杀他的队伍

带路

他只说了一句话

"原来是你啊"

然后束手就擒

有的人

写了一辈子

不过就是把阿 Q

没有画完的圆

画完

一个坐轮椅的老人在读《康熙大帝》

他的表情

好像刚刚上朝

不是坐在轮椅上

是坐在龙椅上

多少帝王皆如此

由出人头地

最后

混成人头落地

"我不怕　我心里有暖"

凌晨突然想到十年前

11 月 24 日上午 8 点 24 分

收到的一个短信

——张谧走了

几个月前

这孩子考上四川大学

本硕连读

被查出白血病

母亲是卖水果的

我给他治病捐过款

他是闺女的同学

短信是闺女发的

那么多相识不相识的人

费了九牛二虎之力
终究还是输了

此后好几年
他的同学放暑寒假
都会到他的墓前
和他聊天

"我不怕　我心里有暖"
这是他留给人世间
的最后一句话

这让我至今肃然起敬

离开

离开的时候我仍然无话可说
说什么都不能推迟
黄昏的到来　报应的降临
曝尸荒野的不光是肉体
还有灵魂

说的话太多了　加在一起
热量也没有烧开一杯水
魔鬼还是在大白天出门

作为同类　虽为其中一员
但耻于为伍　耻于禽兽不如
耻于跪拜
那些给我们投食的神

这一点点大逆不道啊

安慰了你的平生

不朽

几亿年后
太阳会把地球烤化
所有自以为是
流传千古的一切
皆灰飞烟灭

一个字
一块石头
一块金属
都不会留下
更别说
三皇五帝
机器人
霍金

没有人类的一个脚印

现在而今眼目下

只要有机会

一定要抓紧时间

不朽

秋分

不和夏天纠缠

冬天开始敲门

树叶变黄

陆陆续续在落

你一天一天

在变老

童年堆积在心里的白发

还是那么白

纪录片频道

豺狼鲸鱼

行星恒星

未解之谜

火山爆发

一战二战

我一个人在家的时候

把门关紧

把这个频道的声音

放得最大

秋虫

快霜降了

乐队已经解散

自求多福

有一二个乐手

迟迟不走

在荒野里

到天明

还在独奏

直到无声无息

骗子的电话

朋友的女儿两岁

正在牙牙学语

每遇骗子电话

他就把电话交给女儿

女儿听见声音是女的

就奶声奶气喊阿姨

是男的

就奶声奶气喊叔叔

一般情况下

喊完以后

听筒那边一片寂静

接着就是挂断后的忙音

选一个好日子去死

癌细胞吃光了所有的营养

体重只有过去的一半

这个减肥失败的胖子

成了皮包骨　比被子厚不了多少

无数的蚂蚁在吞噬他

撕裂他　不分白天黑夜

他只求速死

但要选一个好日子

在生日这天　他偷偷割腕

等待轮回

到天亮他偷偷在被窝里哭

血管已经萎缩　手腕添了一道伤口

但不见一滴血

一滴也没有

他终于自己拔掉了管子

这一天亲人不在

对他来说　就是好日子

风太小了

溪水没有波纹

树叶没有掉下来

马的鬃毛

没有一根扬起

过路人的脸上

没有一丝寒冷

风在吹

炊烟笔直

路边的野草

难以察觉地动了动

又很快静止

风稍微大一些

至少我们能听见呜咽

风把自己咽回去了

每天有大量的风

被生产出来

贴上风的标签

仿佛能平地起风暴

卷走残云

风太小了

风只是一个词

在词典里躺着

连一页纸也无法吹动

在天亮之前

还不敢变成风

写在沙滩上

我们写下的每一个字

并非刻在青铜和大理石上

更不会刻进时间的眼眸

不过是写在沙滩上

写出来的速度

和被抹去的速度

分秒不差

年复一年　之所以写下去

是因为我们相信

潮水已经过去了

已经回到了大海

不会再来

…………

古人

朋友圈生活着很多古人

每天都在赋花弄月

练字练句　熬大锅鸡汤

躲在唐宋吹着国风

白白净净的之乎者也

白白胖胖的平平仄仄

在距今一二千年的地方

把头埋在沙堆里

屁股露在外面

岿然不动

医院门口

总有卖茶叶蛋

烤红薯　煮玉米　炒栗子

的小商贩

用普通得不能再普通

的日常吃食

在这里等着

那些进去的病人

痊愈归来

或者照顾他们的亲人

中途溜出来

解解馋

幸福被浓缩在这

大门外的一米阳光里

茶叶蛋　烤红薯　煮玉米　炒栗子

从早到晚

都冒着热气
....

赐予

　　——给自己的诗

五十七年了

命运一次次把你推向悬崖

又一把把你抱住

反抗是徒劳的

一切都是最好的安排

赐予你黑暗　又赐予你月光

赐予你多刺的小路

又赐予你万水千山

赐予你外婆　又赐予厄运不断

赐予你敏感的内心

又赐予那么多格格不入

赐予你伤口　又赐予你伤口里的日出

在至暗时刻　依然有万物生长

痛风　骨折　左肾切除……

身体如破船载酒

而渴望却完好无损

五十七年了

时间正在把一切打回原形

从福田坝　彰明　到中坝

江油　这邮票大的地方

耗尽了你的大半生

活生生地成了你的祖国

树不停地落下树叶

慢些　再慢些

层层叠叠落在一起

像叹息挨着叹息

如果风赶过来

有的树叶会打着旋

想重新回到枝头

树不停地落下树叶

一只羊

它的头　腿　内脏　一点肋骨
分别摆放在一块塑料布上
头望着街上　尸首异处

另一只腿和绝大部分肉
已经被买走　不在锅里就在冰箱里
或者在人的嘴里胃里
屠刀捅进心脏后　它只是一块肉
现在叫它羊肉　不叫羊
昨天它和同伴漫山遍野还会叫
会叫的时候还是羊

它的眼睛从生到死一直睁着
看着自己　被杀被剐被肢解死不瞑目
也许还在吃草时
它就在牧羊人的眼睛里

看到了这一天

现在它望着万家灯火
等着谁买走它这颗孤零零的头
让卖它的胖女人早点回家

天越来越黑了
卖她的胖女人在瑟瑟发抖
它真想对匆匆而过的脚步
忽然叫一声

羊的路

吃草　喝水

哀嚎　下跪

没有比它更驯服的动物

每一根毛都顺着鞭子

服服帖帖地生长

到死也没有一根反骨

在山上的时候

风吹草低　它们站着

仿佛成了自己的主人

从一根鞭子到一把屠刀

羊走完了童年　少年　青壮年

从没有晚年的一生

梦见一个提着菜刀的人

走到一个路口
他不走了
他说他的仇人
要从这里经过

我不知道
他的仇人
是一个　几个
还是一群
我劝不住这个人
无法让他放弃仇恨
也不知道仇人的名字
无法阻止他们
从这个路口经过

我惊醒的刹那间

看见那个手提菜刀的人

还站在路口

左顾右盼

锔

凡破碎裂缝之物

皆可锔

最隐秘的伤口

自己是不知道的

在阳光下旋转 360 度

不露一分一毫

他会帮你找到

那条影响了你

一生的伤口

并让它结疤

目前他干得最好的活

不是金镶玉

是把一个摔碎的灯泡

用两天时间

锔得完好无损

插上去后

灯亮了

那团没有缝隙的光
至今还罩着他

今夜 我不关心奥运会

我只关心
被洪水淹没的
郑州京广隧道
拖出来的几百辆车
我不关心是什么牌子的车
我只关心
车上的人

他们的家人
在找他们

沉到海底

你不是一条鱼

也不是一头鲸鱼

在茫茫人海

你只是一根针

终究会沉到海底

慢慢锈蚀

慢慢长出青苔

第四辑

每个人心里都住着一个陶渊明

云南蒙自碧色寨车站

这个法式小站

候车的长椅上

坐着一个人

他在等闻一多　沈从文　朱自清

…………

从民国的火车上下来

他给他们提行李

候车的长椅上

坐着一个人

他在想提行李的那个人

和他迎接的人

被那一列火车带走的

在终点站

迎接他们的

又是谁

他们还有行李吗？

在会理城楼上

我在城楼上扫雪

点灯笼

兵走了　　匪走了

举子阅全经

将军弹素琴

商人把铜运到云南

女儿送到成都读书

草从砖缝里长出来

又枯了

美人把失去的颜色

通过诗歌

又找回来

月亮出来了

月亮像一只石榴

包裹兴亡

也包裹无边风云

三月　空气骚动

看着你带着满城春色

急匆匆上了龙肘山

该开的不该开的花

全都开了

仿佛大病初愈

我早开晚关

城门从未失守

把生老病死

关在城外

你终究会从山上下来

那时候繁华落尽

我虽死犹生

月亮会给你吐露

从古到今

这满城的秘密

一个字也不剩

只有下雪的时候

有一个人

在雪霁后

会留下一串串

醒目的脚印

她嘴里呼出的热气

喷在你的脸上

现在还是热乎乎的

你会觉得这个世界

会变好

有一些事情

正在干干净净地发生

黑牦牛

低着头
认了这挨刀的命

冰雪啊　草啊　日月啊
咔嚓咔嚓嚼吧
这些黑哑巴
把该咽的
不该咽的
都咽下去

皮可寝　肉可食
毛可纺衣服织帐篷
奶可打酥油
角可做号
使劲一吹
雪山就响了

采诗官

从死去的春天里采蜜
从消融的群峰里采雪
从野花野草里采礼
从官仓里找鼠

他骑在时间这匹马上
渡过冰河
刚上岸
马蹄又被风花雪月掩埋

他用一只桃子
换了一只李子
用七月流火
给下地的人授了一件寒衣

他是一只蜜蜂

吐出蜜

然后去死

每个人心里都住着一个陶渊明

失意时　大难临头时

看见好山好水

就打算挨着　修几间房子

住下来　如果附近有寺庙

三天两头　去找住持

谈佛论道　让山下的事情

在心里死得更干净一些

清明前　在古树上

摘些新芽　烘焙成茶

看着对面山上的云

一喝就是一天

老死不和尘世往来

这都是不可能的

绝大多数人　和我一样

憋屈久了　到山上出口恶气

采一些野花和野菜

吼几嗓子后　开始嫌山上冷

天黑之前　都会赶回山下的家

把陶渊明留在山上

继续看护　漫山遍野的寂寞

从古至今的悲伤

雨后昌明河边散步

骤雨刚停

河水浑浊

流浪无声

草木刚洗过

干净得如头上的天

二三声鸟鸣

把这条河

都快夸到天上去了

流到墙上

会成为一幅画

再也取不下来

流到银行

会成为一股挥霍不尽的银水

被玩残的巅峰

它挡住了

时速 300 公里以上的气流

气流高铁般一遍遍嘶吼着

撞在岩壁上

它用地球上最高的海拔

却挡不住　越来越多的人

他们把直升机停在上面

没腿的人　用假肢站在上面

未成年人　用 12 岁站在上面

两个来自不同国家的人

穿着滑雪板　同一天　从上面

一跃而下　到达大本营

有盲人摸索着　仍然到达峰顶

我说的是珠穆朗玛峰

去年站在它头顶的人
超过了前十年的总和
有图片显示　在最后 200 米处
人们像超市付款那样排着长队
等待冲顶

九月

穷得只剩下天上的月亮了

月光如水
把我一洗再洗
如果不是菊花出面
早就被洗白了

韭菜都被割完了
蟋蟀想用漫山遍野的琴声补仓
月亮一变脸
成了一把镰刀
想割哪
就割哪

我守着自己最后一小块污点

怎么劝

也不拿出去洗了

道理

树叶和树讲道理
树叶掉下来了

鱼和熊掌讲道理
被一掌拍死

人和路讲道理
误入歧途

金字塔和落日讲道理
抱着一起坠毁

人间有你
胜过一切道理

死者在悼唁名单中发现了自己的名字

他看见自己戴着黑纱

胸佩白花

随着泪水般汇聚的人流

走向自己的家属

请节哀顺变

保重身体

自己向自己遗体三鞠躬

全场没有一个人

发现有什么不对

都在赶紧化悲痛为中午

的酒量饭量

这实在是不可思议

他想一屁股坐起来

问个究竟

追悼会还没开完

为了不影响气氛

他想再等等

五花大绑

做梦也没想到

我会被五种叫不出名字的花

不分青红皂白

绑了票

用百年难遇的雪花冻我

要我吐出莲花

她们想得美

我还没招

空枝上就冒出一堆又一堆

李花梨花姐妹花

挤在一起看热闹

把树枝踩得乱颤

把已经葬了的樱花

也吵醒了
提前转世为桃花

我喊牡丹不应
我叫昙花不灵
只好把春天后面的事
交代得干干净净

就是把我冻成一朵
前无古人的雪花
我也要飘到一边去

还是不说
藏在我屁股下面的莲花

路

把大路走成小路

小路走成绝路

无路可走时

找天问路

天不管我夜也不收我

我扔块石头打天

天没打到

把云穿了个窟窿

云劈头盖脸就是

一场百年不遇的暴雨

又接着下大雨中雨

想把我浇熄

下小雨的时候

我总算把部分浑水蹚清了

发现绝路也漂在水中

我坐上去

以手为桨

把绝路使劲调了个头

慢慢划向

没有水的地方

很多人以为自己死的时候，床边围满了人

这个想法过于浪漫了

比如隔壁老刘

那么爱干净

早上上厕所

排便过猛

导致心肌梗死

坐在马桶上

屁股都没擦

等老伴买菜回来

已经死硬了

吃河豚

一边是死　一边是美味
中间坐着我们
苏东坡和他的朋友
坐的是雅间
他们早到了几个朝代

都好这一口
我们隔席不照

厨师吃下了河豚肝脏
——毒素的兵营
五分钟后离去
他活着　可以动筷子了

张丞相望李丞相：
您请　您先请

仿佛站在悬崖边　都很客气

这带电的鱼肉

微妙的麻　死后的电流　跑过口舌

几秒　便滑下食道

哦　"我歌唱带电的肉体"

一桌亡命徒说：好吃　好吃

苏东坡那桌说：值得一死　值得一死

成吉思汗

长生天啊

我的秘密

世人无从知晓

之所以屠城

杀光那些会喘气的

把繁华付之一焚

是为了等来年

青草从废墟里长出来

养活我们

草原放不下的牛羊

每攻下一座城市

就是攻下一片草原

废墟的面积

就是草原的面积

长生天啊

刷墙

为抗议
电影审查制度
法国一个青年导演
拍了部纪录片
《刷墙》

纪录一个人
把一面白墙
一遍一遍
刷得更白

片长四个小时
审片的专家
眼睛跟着那把刷子
整整四个小时

洗刷刷洗刷刷

洗刷刷洗刷刷

震后萝卜寨

10 年后　变成两个寨子
旧寨已毁

新寨已成景区

在新寨　一个当地壮汉　把一头羊杀后
血星星点点　被拖成一条路　羊被钉在墙上
慢慢剥皮
羊温顺地看着他
一刀一刀　从头到脚
壮汉叼着烟　不看羊

一个戴着玉镯的漂亮女人
在旁边指指点点

其实市面上并不需要那么多诗和诗人

一个诗人去世的消息

如楼上靴子突然落地

总会引起一些响动

他的诗歌

是另一只靴子

落不落地

都不会影响

别人的睡眠

距离拉萨还有 ××× 公里

头天报到
第二天笔会
重庆四川的
老嘴老脸
都笑嘻嘻的
准备发酒疯
顺便在郫县
给海棠花
写首诗

那是 2008 年
四川大地震后
惊魂刚定

酒过四巡
有人在院子里撒尿

有人误吃高血压药

有人在摔酒瓶子

三个"80后"

要打一个"60后"

聂作平

酒后醉驾

拉着我

周春文

李海州

刘强

哆来咪发唆

到郫县县城歌城去唱歌

一出院门

就背道而驰

半小时路程

开至凌晨

满车醉鬼

已找不到北

聂作平记得

县城路上

有一排白树子

白树子没找到

天快发白了

车窗外的山形地貌

与川西平原

没有半毛钱的关系

空气已有

雪的寒意

隐隐约约

看见一块路牌

我急忙喊刹车

跳下去一看

上面标注——

距离拉萨还有 ××× 公里

于恺说：让我们正式开始吧

人到齐了

于恺端起杯子：

"让我们正式开始吧"

叮叮当当碰成一片

酒过三巡

"让我们正式开始吧"

酒过六巡

"让我们正式开始吧"

白酒喝完了喝红酒

"让我们正式开始吧"

红酒喝完了再拖几件啤酒

"让我们正式开始吧"

酒过 N 巡

举座皆静

…………

于恺斟满酒

悄声对自己说：

"让我们正式开始吧"

电影《黎巴嫩》一个镜头

"灰雀呼叫大鸟"

"灰雀呼叫大鸟"

"大鸟收到　大鸟收到　请回答"

"我们坦克被击中　有人受伤"

"知道了　把他送回来"

"灰雀呼叫大鸟"

"大鸟收到　请回答"

"我们失去了一位兄弟　他死了"

"知道了　把尸体带回来　把尸体带回来"

这也是写作的意义

人类灭亡五年后

所有的公路都会消失

被花草树木占领

二十五年后

最后一座水电站

散热管道被贝壳塞满

世界彻底黑暗

蟑螂吃光了厨房所有腐烂的食物

开始啃报纸和书籍

大地上不会剩下一张纸

一个字

这也是写作的意义

——多几本书给蟑螂

多留几天食物

尾声

我们的故事接近尾声
只等自己把书合上

守在一个人的车站
千山万水的一生
就要到站
我们自己给自己接站

后记

向山水致敬

蒋雪峰

这些年我到过一些地方，印象最深的还是山水人文。这些在时间里保持安静和自然状态的事物，总是让人眼前一亮。她们很容易成为心灵的底色，在这个物质化的世界，让你找到精神坐标。人生有限，无力到达的地方太多，在有限的生命里，明白自己所需所欲，不是一件容易的事情。随着年龄的增长和病痛的折磨，需要放下的东西越来越多，能够依靠的越来越少。生命的意义需要更新、充实，写作的疆域需要拓宽。而山水不动声色地等在那里，等着你走进去，成为一草一木、一点一滴。这个世界并不太平，天灾人祸不断。非典、地震、极端天气、新冠肺炎，夺走了很多生命。谁也不知道明天和意外，哪一个先来。只有自然山水会善待每一个为它们倾心的过客，让心有所属、有所悟、有话要说。这本诗集里面的绝大多数诗歌，不是在真实的山水里就是在精神的山水里生成。这是一本向山水致敬的诗集。近年来，每遇群山江河的自然景观，总会像古人般生发出幽情，写一些如溪流跌宕般的长短句。我尽量用湿润、熨帖、灵动、简洁的语言，把瞬间感受定格，不刻意雕琢，同时能够看到情感的肌理、细微的起伏。如果我在诗中撒谎，把自己装扮成世外高人或者得道高僧，那对我的写作，不亚于一场巨大的地质灾害，毁灭不该毁灭的青绿。为此，我对自己保持着足够的警惕。

　　有些地方我没去过，比如新疆。心驰神往之地，我在地图上旅游，在文字里梦游。有些地方我去过，比如西藏。2000年，我从青藏线，四天三夜，进入拉萨，途中所见，震撼至今。至今还在写一直没有写完的诗歌。写得最多的还是故乡江油和无名山水，她们寄托了我的避世情结、世界观和对神秘的好奇心。植物河流，鸟虫星辰，万古长青的大自然，总有一块合适的石头，不大不小，随时让你躺下来，夜观天象，听清泉流淌、青蛙弹琴，让你感到自己的微小和自由。太阳底下无新事。对现实眷恋越小，到山水里的时间就越多，诗歌也就越多。如同树流出树脂，我希望自己自然而然地写下去，看天色不看脸色，不断向生活致敬、向生命致敬、向山水致敬！

需要说明的是，有部分其他题材的诗歌，由于可以理解的原因，此次未能收入诗集。虽然遗憾，却也增加了入选的山水诗比重。

我要特别感谢作家、评论家阿一女士！她有深厚的艺术修养和积淀，纯正雅洁的美学观，对音乐、美术、文学有广泛深入的思考。她的大量艺术评论深受艺术家和业内的褒奖。她对我这本诗集的每一首诗歌都做了细致入微、精准的解读和剖析，并欣然作序。这需要耗费大量的时间和精力，让我深受感动和鼓舞。这是诗歌的福分！再次感谢阿一！

2023.2.5 四川江油　于正月十五元宵节